憂き晴らし

安本淡 歌集

海鳥社

扉題字＝松村雅子
表紙・扉カット＝久冨正美

目次

Ⅰ　短軀隻眼《たんくせきがん》

Ⅱ　晴読雨読《せいどくうどく》

Ⅳ　遊戯雑歌《ゆうぎぞうか》

I

短軀隻眼

：たんくせきがん

わが短歌は

わが短歌は手帳の端《はし》の
走り書き
記号の如く読めぬ字並ぶ

生活を実感のうちに
迸《ほとばし》る
言葉連ねてわが短歌とする

衒《てら》いなく
日々の記録をする如く
詠みたく思うわが詠む短歌は

パズル解く心地になりて
解読す
わが手になりし手帳の端書き

願わくはわれ反骨の
気概以て
短歌詠み続け生涯終えん

わが短歌を読む人あらば
成る程と
せめて頷く短歌を詠みたし

閃《ひらめ》きの言葉一つを
捏《こ》ね回し
一首と成れば欣喜《きんき》雀躍《じゃくやく》

わが思い伝われば良し
其の内に
日常を詠むさり気なく詠む

日常を取り入れてこそ
真髄と
衒いを除けて見聞を詠む

美しく生きて愛して
歌を詠む
中条ふみ子「乳房喪失」

わが短歌読みたいと謂う
メール見て
直ちに送るほくそ笑みつつ

たかが短歌他人がそう言う
われも言う
されど唸《うな》らす短歌を詠みたし

徒然《つれづれ》に思いの丈を
短歌に詠み
悪しき時勢の憂さぞ晴らさん

床に臥せ突然過ぎる
短歌一首
本のカバーに殴り書きする

わが歌集M子が書いて
K子描く
版画を添えて本と成す夢

啖呵《たんか》切るその意気込みで
短歌詠まん
雅《みやび》も艶《つや》も当てしなければ

わが啖呵聞かずとも良い
読んでくれ
託《たく》す短歌を笑ろうてもみよ

人生

わがことを成して人生
終えるなら
これに優れる人生はなし

行く道はこの道と決め
一つ道
外《ほか》に道なしこの道を行く

当てなしに
歩いて見たし時がある
己が主張の通らざるとき

降り来ては落ち様に消ゆ
雪の如
悩める思い消えぬものかと

何となく人生終えた
心地する
計画したこと無事終えしとき

凹凸か凸凹かとの
議論あり
目糞鼻糞謂うにも似たり

吹く方へ風を頼りに
行く煙
わが行く道に吹く風はなし

たかだかに人生僅か
五十年
連綿として何ぞ煩《わずら》う

儚きは夢と知りつつ
夢を見る
独り身なりて流浪の旅の

人生は斯《か》くあるべきと
他人の謂う
われもあるべし倦《う》まず弛《たゆ》まず

めらめらと燃える焚火に
凍《い》てる身を
焼《く》べて暖む衝動頻《しき》り

慎ましく驕らず生きて
終えるなら
後悔すると感情を剝く

慎ましく慎ましく生き
これからも
慎ましく生き慎ましく逝く

ギャンブルも酒飲むもなく
色恋も
無縁となれば何故生きる

燃える恋身を焦がす恋
そのうちと
思いしままに齢《よわい》重ねる

子の無きを胤《たね》の宜しと嘯《うそぶ》いて
一生終える
寂しくもあり

いつまでもあると思うな
親と金
序《ついで》と言えば役所と約束

斯く謂えば斯くなることと
知りつつも
斯く斯く謂うは真実のこと

とつおいつ迷いに迷う
人生の
無駄を悟って怠けて暮す

悪戯に命永らえ
生くほどの
この世なるかと世紀末生く

愛はない哀なら余るほどあるに
涙も溜まる
分けてあげよう

深山《みやま》行き雪の褥《しとね》に
身を委《ゆだ》ね
冷たくなるも望みの一つ

生きてるか死んでないから
生きてるよ
いつまで生きる死ぬまで生きる

永らえば出遭う憂きこと
多かりき
なかでも嫌な人との出遭い

憂きことのなければ無くて
味気なし
ままにならぬが人生と知る

憧れは五年の後の
さすらいの
旅にしありて短歌詠むこと

降らば降れ降って不遜な
人心を
洗い流して空にこそせよ

ひとびとをひととおもわぬ
ひとなれば
そのひとこそがひとでなしなり

来し方を阿《おもね》ることで
過せたら
わが人生の今はあるまじ

定年後何をするかと
問わるるに
晴読雨読そのほかはなし

いたずらに時の過ぎ行く
思いして
今日も昨日も無為の日過す

熾《お》きの如胸に燻《くすぶ》る
流離《さすらい》の
旅に憧れ「山頭火」買う

止めどなく流れる涙
拭きもせず
泣いた日もある覚え無き罪

流離の逍遙なるか
人生は
目的なしにただ生きるのみ

咎めるな孕《はら》みし娘《こ》なら
労《いた》われよ
君も孕んでこの娘を産んだ

うらぶれて何処の駅か
寝起きする
群に加わるその姿見る

親はなく子のなき二人
止めどなく
語らうことは老後の不安

辛くともままに人生
終えようか
やり直すほど余力なければ

埒《らち》もない議論の果ての
虚しさを
癒す術なく雪に身を置く

段ボールにわが身を包み
寝る人ら
哀れと見らぬ選択のこと

知らないで済むものならば
知らぬまま
済めば怒らず済ませたものを

実態を具《つぶさ》に承知
無いものの
路上暮らしに憧れのあり

悶々と過すに強く
憧れる
路上暮らしの気儘と映り

無為の日々無聊《ぶりょう》の日々を
覆す
その生活を路上に求む

わが態度極度に変える
度量無く
さりとて路上暮らしもならず

韜晦《とうかい》を奈落の隅に
決めたれど
現実乖離夢のまた夢

消さざればまた燃え上がる
日もあろう
せめて残すか灰に熾《お》き埋む

倦怠と怠惰と惰眠投げ遣りに
何するもなく
日々を送れり

生き態《ざま》に裏と表が
あるならば
われの来し方表か裏か

彷徨《さまよ》いて襤褸《らんる》を纏う
その姿
幾度思う望みし如く

嘆いても戻ってこない
青春を
呼び覚ます如過去に溜息

不合理を看過するから
不合理が
合理呑み込む不合理糺《ただ》す

一向に止《よ》さない飲酒
陣痛に
懲りず子を生む女にも似て

堪らなく
山に籠りて人知れず
炭焼きなんどしたくなる時

恙《つつが》無《な》くその日その日を
送れたら
これに優れる人生はなし

泥濘《ぬかる》めば足を捕られる
道ならば
裸足で歩く身軽さも良し

人生を営《な》めたらいかん
真剣に
過去を寄る辺にこの道を行く

暗くても道がなくても
手探りに
標《しるし》付けつつ行く道拓く

何になるなどと言うまい
わが選ぶ
行く道遙か遙かなるとも

「嫌だねぇ」一言括り
世相斬る
媼《おうな》の言葉いまにし残る

わが骸《むくろ》焼いて灰にし
長江の
流れにまけば鮫の餌なと

飼われない飼わないと決め
送る日々
自立の道の険しさを知る

生きおれば何か良いこと
それすらも
望めぬ世情なれど生きおり

無頼にもなれず無頼を
名乗るのに
抵抗あれどほかにあらざり

憧れの彷徨う旅を
果たせねば
どうせ一度の冥途《めいど》とやらで

山頭火長兼などに
あくがれて
流離《さすら》う旅も夢のまた夢

啄木や牧水などに
あくがれて
旅に出たくも柵《しがらみ》多き

何事も我為す因《もと》と
知りつつも
今日降る雨に因もあるごと

寒き夜半熱き湯船に
沈めれば
寂寞の情頻《しき》りに起こる

恨むまい悲哀の数は知れたもの
短軀隻眼
わが身のことよ

移ろいを隻眼で見て
抗うも
双眼なれど見えぬものあり

呪わしき

呪わしき思い致すは
後のこと
酔狂の父病弱の母
諍《いさか》いて後和みたる
父と祖母
夜半の静寂《しじま》に月冴えわたる

酒呑みの父を憎みし
我なれど
他人の罵倒に立腹は何故
嫁ぎたる子なき女を
訝《いぶか》りて
母に尋ねて困らせしこと
金策に行きて帰らぬ
父なれど
傘を持たぬと心配もする

怒りたる母の顔など
覚えなし
笑顔の母も思い浮かばず

酔狂の父が投げ打つ
碗や皿
それを拾える母の哀れさ

見たままにわが性徴を
父に告ぐ
親を意識す母なりの愛

安全な男よ俺は
本々に
淡き種故孕ませもせず

泣き濡れて母のみ胸に
顔埋め
嗚咽やまざる幼き日あり

悲しきは風呂に一緒の
母のこと
恥毛薄きは病の所為《せい》か

母恋し
良きことあれば母恋し
薄倖のうち若くに逝きし

母在れば何と言うだろう
五十七歳
発育不良のわれにしあれば

豊満と思いき母の
あの身体
肝臓病める浮腫《むく》み悲しき

こうまでも女体恋しく
思うのは
母との縁の薄きが故か

嫌だった
病に臥すは良いとして
寝乱れ髪の母を見るのが

母逝きて四十余年
われ生きて
五十七年未だ抗う

母在れば今の人生
なかりしも
在っての人生時に思えり

母の意はわれを教師と
伝われど
母亡き後の裏切る進路

多感なる十六歳の
秋の頃
母身罷《みまか》りて虚無を装う

子を残し身罷る母に
言葉なく
子を信じてか悔しき末期

突き放す如くと母は
われのこと
構わぬわけを今にし思う

家計簿の術さえ知らず
妹が
母亡き後の財布を管理

妹が管理の財布
当てにして
ノート代言い煙草買いたり

父宛の封書破りて
その中に
学費の督促恨めしく見る

高校は行かんで良いが
口癖の
父は担任教師に折れる

出ていけと怒鳴れば素直
家出して
三日後に詫び戻る父なり

我儘を極めて父は
往生す
看病なきがせめての償い

今は亡き母が写真に
問い掛けき
我は何をし生きるべきかと

遣《や》る瀬《せ》無きわが身を風呂に
沈めつつ
「嗚呼」と言いて母を思いき

その上は母が在りし日
挿した木に
青きグミの実生りて三つ四つ

告げ口の母を窘《たしな》む
父ありて
濫読《らんどく》今も続くわれあり

病弱の母と二人で
里山に
自生椎茸採りし日のこと

入学の二日の前に
名前書き
教える母は裁縫台で

出歯なるに西瓜《すいか》を食うが
早いとて
母囃せしも昔日のこと

遣る瀬無く我は昼起き
自堕落に
母を亡くして独り床上ぐ

寂しきは微熱の夜の
独り寝か
読書の文字も虚ろに見つつ

校外の椎の木茂る
森に来て
煙草吸いたり友も吸うなり

母逝くを言い訳にして
喫煙を
始めし頃は十六歳の秋

ふと思う母が在りし日
二人して
畦に腰掛け話せしことを

水際の芹を採らんと
手を伸ばす
弓手《ゆんで》しっかり母の手にあり

山の端の色付き初むる
十月は
母を思う日亡くなりし月

脛《すね》毛《げ》剃り切れ味試しつ
一心に
小刀砥ぎし少年の頃

幼きに泣く日多かり
叱られて
枯れたが如く涙流れず

われを指し「僻目《ひがらめ》」囃す
妹を
厳しく叱る級友も居て

妹の目に溜りたる
涙見て
落ちる落ちると囃せし日あり

聞き耳を立てて聴いても
聞き取れぬ
わが難聴の呪わしきかな

初恋の邂逅

わが初恋《こい》は母と同じの
薄紫《むらさき》の
カーディガン着る君を見て後
火照《ほて》る頬冷たき汽車の
窓に付け
幾時間でもこのまま居たし

君の去る部に居座るは
秘めし恋
ばれるを恐れそれだけのこと
三年の思いの丈を文にして
返事待つ日の
長かりしこと
踊る如弾みし胸は
君迎う
久留米の駅の改札口に

二親に紹介したる
君なれば
わが恋心受けしと思う

突然の別れの便り
受けし日は
冷たき雨の窓を叩きし

たまゆらの逢う瀬で終える
初恋は
わが胸のうち未だ燻《くすぶ》る

手も触れず去り行く君が
書き寄越す
「あなたは歩くのが速過ぎる」と

夢ならば覚めよと言いて
便り見る
別れの文を破りて捨てる

辞書に出し樒《しきみ》の実など
食べながら
死んでみたしと思いしわれは

愛しさの想いの丈に
比べれば
瑣末に見える世の中のこと

偶然に君が嫁ぐを
聞きし日は
穏やかならず飲めぬ酒食《は》む

初恋の君は会議の
席にあり
君は今でも気になる存在

思うこと赤裸々に言う
われなれど
好きだと言いしことのなかりき

永きこと秘めし女の名
口すれば
浮かびくる顔潑剌として

満たされぬ甲斐なき命
ある限り
あの日の別れまた甦る

君のこと思えば胸の
熱くなる
四十年余の秘めし思いに

それとなく君が所在を
確かめる
教組に在りて職員名簿に

わが思い
君に届かぬ筈がない
固く信じて今日の日を生く

偶然に君が嫁ぐを
耳にして
花嫁争奪脳裏に過ぎる

還暦の記念の扇
届けしが
鬱積の思い解けし日となる

これからは良い友達になろうなど
聞きたくもなし
特別の女

四月から自由になると
書き送る
君の自由の何か知りたし

誇りたく思う気持ちと
秘めたしと
思う心よ初恋のこと

もう一度
あの青春が戻るなら
命を賭けて恋してみたし

わが手なる
干し柿旨いと食べた言う
われの十八番《おはこ》の餃子もいつか

片便で別れを告げる
事情あり
彼の日は文で今日はメールで

初恋の君の所在が
不明なら
悩み今ほど深くあるまい

願わくは君とわれとが
独り身で
たまに逢うては昔を語る

言うたとて詮方なきも
口にする
あの日の別れ悔やみの言葉

老いらくの恋などしたく
思うのは
一生の不覚を口にするとき

この文の嬉しきことよ
破れても
邂逅《かいこう》なりしわが初恋よ

II

晴読雨読

‥せいどくうどく

日々の生活

連れ添うて三十三年
諍いの
日々にしあれど和む日もあり

相方と抱擁場面
拒みしを
残念だったと今にし思う

雨の中草取る老婆
すぶ濡れて
亀の如くに蹲《うずくま》りおり

雪のなか残り漂う
一つだけ
柿の実赤く遠く見えたり

戯《たわむ》れに蝶の付いたる
庭の花
折りてしばらく眺めて捨てぬ

当てなしに列車に乗りて
旅したし
思い込み上ぐ諍いの夜

意に反し妻の嫌がる
なめくじを
紙に包んで捨てる寒き夜

一粒を惜しみて食べる
制限食
飽食の付け思い知りつつ

三日前緑残れる
道草も
今日冬枯れて赤茶けており

窓辺なる萎《しお》れしバラを
取り除き
残る二本に行く末を見る

何となく直ぐにも治る
気などして
散歩の距離を延ばしても見る

木枯《こが》らしに散りし銀杏は
一面に
歩道を埋めて靴音させず

歩み行く絶えて人なき
夜の道
つい口ずさむさすらいの歌

ぜんまいを干したる如く
累々と
ミミズ死におり嵐の明けて

今も猶茨《いばら》の藪《やぶ》に
探り入れ
蕨《わらび》　採る手に傷の残りて

土筆《つくし》採り蕨を採りて
栗拾う
通勤途上に四季を感じつ

ともがらは散り散りなるも
故郷の
痩せ松原に思いを寄せて

水枯れの長養の池に
月冴えて
橋より見入るわが影細し

一叢《ひとむら》に萌え咲く花は
曼珠沙華
一閃うち倒してみたし

戯れに霜柱など
踏みてみる
快き音心和ます

ふと思う越中富山の
薬売り
紙風船の貰いしおまけ

贅沢は品薄のもの
買いしとき
例えば晦日《みそか》鱧《はも》を買うとき

滑稽は成人式の
大雪に
ブーツを履いて晴れ着を纏う

分からないヤンママのヤンは
ヤンちゃなの
ヤンキーなのかそれともヤング

植栽の蘭の細葉に
積りたる
雪は疎《まば》らで枯葉隠せず

子供らのナイフ事件の
矛先は
タカリ汚職の大人の世界

間歇《かんけつ》に電線鳴らす
春あらし
不気味に聞いて床を離れず

義妹は「この服似合う?」と
われに訊く
われの見立てし妻の服着て

夜目なれどあの街灯の
あの辺り
凝らして見入る文学碑二基

枯れ熟れの麦穂さわさわ
風に揺れ
波打つひげの光り輝く

人を避け在所辺りの
林道に
はぐれ蛍の行方目で追う

ずぶ濡れて障子ケ岳に
来てみれば
草木深く霧立ち込める

強き風満水の池
騒がせる
見え隠れする半月の下

蟬も駄目蜻蛉《とんぼ》も怖いと
言う甥は
団子虫なら平気で摑む

出掛けんと帽子被れば
バイバイと
手を振る姪は二歳となりぬ

独り棲む子に恵まれて
恵まれぬ
隣の老婆九十三歳

朝なれど性器摘んで
ビーカーに
小便溜める容易さ嘆く

われをして十五歳の春は
良かったと
塾に精出す親子を見れば

総髪《そうはつ》は反逆の意と
憧れて
賛意なくとも髪伸ばす今日

総髪の姿で歩く
われを指し
「変なおばちゃん」子らは囃《はや》せり

反骨も反逆もまた
半端なり
誇れるはただ良き友と妻

烏鳴き蜘蛛は地を這い
猫が跳ぶ
誰が逝ったと思う午後九時

詰襟《つめえり》の少年独り
屈み込み
ボートデッキに何を悩むや

干し柿は堅いが良いと
われは言い
軟《やわ》いが良いの妻は剥かざり

われ在りて世の中回る
思いする
日々のあったは幻想のうち

ドクダミの臭い残りし
手をかざし
妻に臭わす仕事の量を

ドクダミの匂いは消えず
三日後も
残りし指で縮れ毛を梳《す》く

亡き母を
恋しく思うときもある
一汁一菜独りの夕餉《ゆうげ》

漆黒の夜道を歩く
怖さより
満天の星心踊らす

戯れに眼前の飛蚊
摑まんと
必死になるは悲しさ誘う

結婚に幻想持つなと
われ言えば
頷き返す新妻なりき

憎しみが二人を結ぶ
唯一の
絆となりし諍いもあり

われもまた癌の家系ぞ
忘れてた
母の肝臓父は骨髄

銀杏の殻を剝いては
そっと置く
はぐれ鳩にとわが身を重ね

風邪ぎみに浴《い》らぬと決めし
風呂なれど
妻一人浴る浴槽洗う

病み得と妻言うなれば
われ独り
病まれ損かと呟いてみる

五人来て五人帰れば
また二人
寂しく残り何を語らん

面取りて茹でて炊いたる
大根の
わがほろふきは味噌入れ過ぎて

ここその畑の穴は
残飯の
捨て場と為せば猫のあせくる

無駄を生く気がしてならぬ
時間割き
テレビ観るのも新聞読むも

串刺しの鮎を炙って
藁筒《わらづつ》に
干したる日々の懐かしきかな

黙々と採りし土筆の
袴《はかま》取る
呆れ顔して妻はわれ見る

幼きは幼きながら
コップ持ち
ジュースを満たし乾杯参加

連休のわが身に課して
畑耕《う》ち
茄子植えたり胡瓜植えたり

わが妻をわれが誉めざる
その訳は
照れ臭きなりそれだけのこと

覚め遣らぬ眼《まなこ》擦《こす》りて
水遣れば
初夏の冷気の快きこと

良き妻を演じることも
ときにあり
夕餉の支度われは草取る

風呂上り裸のままに
歯を磨き
陰嚢揺るるを妻の喜ぶ

可笑しきは袈裟懸けしたる
雲水の
笠に隠して携帯電話

妻は癌われもガンとて
ひとの言う
なれどわがガン病気に非ず

盆なれど係累集う
こともなく
親無く子無く冷麦啜《すす》る

「よっさん？」と幼名で問う
美喜の声
逢いたいと言う帰省の知らせ

帰省せし友の実家を
尋ねては
老いたる母の側で語らう

白鷺は畦に立ち居て
熟れぬ稲
訝《いぶか》る如く首傾げおり

刈ろうかと思えば雨の
降りくれば
刈るもならずと青き稲立つ

茄子《なす》採りて何に為すかと
問いたれば
成す術なしと妻の応えり

稲は伏せ彼岸花起《た》つ
畦道に
蜉蝣《かげろう》群れ飛ぶ夕暮れのこと

酷暑より酷い残暑と
他人の言う
真夏日続く中秋の頃

迂闊にも南瓜《かぼちゃ》焦がして
夕食を
独り食して芳ばしさ知る

熟れぬまま倒れし稲穂
恨めしく
農夫見つめて十月となる

匂い起つ因《もと》はと見れば
垣根越し
金木犀の花の零《こぼ》れて

おい見ろと妻の名を呼び
五年経て
一つ生りたるレモン指差す

銀杏の黄葉鮮やかに
色なして
ひらひらと落ち路柔らかき

街路なる欅《けやき》の枯葉
汚らし
黄葉ともならずかさかさと落つ

櫨《はぜ》の葉は燃え立つ如く
山肌を
彩りており際立つ緋色

とろろだけ言って招くも
わが妻は
承知ならずと酢の物添える

われ作る山芋とろろ
喜ぶに
作れば招く義妹二家族

台風かヤモリの窓に
へばり付く
その名の通り家を守るや

寒々し眠れぬ夜の
わが癖は
性器握りて数をかぞえる

炊事場に牛肉と糸コン
置きたれば
肉じゃがせよのメッセージなり

一日に何度もお茶を
飲む訳は
糖の薄まる気休めなれど

炬燵なしストーブ出さず
寒さ耐え
我が家の冬の我慢比べは

昨日今日明日も牛肉
献立ては
三Ｐ幾らを買いたればなり

捨てざるが片付かざると
言いつつも
十年使わぬ物の多かり

欲すれば
「林檎を食べる？」とわれに訊く
食べると言えば剝けの同義語

わがことをおいちゃんパパと
呼ぶ娘らは
父親逝って初春迎う

麦雨降れ
降って熟らせよ早々と
田に水充《あ》てる人の待てるに

来し方に然程《さほど》の事も
せぬものを
頸肩腕の痛む歳かな

遮《さえぎ》り枯れる淡竹《はちく》を
踏み割れば
破裂の音の小気味良きこと

造成の家建たぬ地に
月見草
緑濃きなか黄色鮮やか

筍の孟宗淡竹に
五三竹《ごさんちく》
真竹と食べて梅雨は最中に

甥の目に涙溜まりぬ
喉詰まる
嫌いな野菜食えと言われて

四歳の姪は強か《したた》
好まぬは
嫌いと言って無視を決め込む

妹は兄の居ぬ間と
プラモデル
声も立てずと組み立て励む

甥姪に急か《せ》され探す
クワガタを
櫟林《くぬぎ》に秋風の起つ

己《わ》がことを「わがままチーフ」と
名乗り居る
姪は四歳蒟蒻《こんにゃく》好む

「ああ旨ぇ」われの作りし
肉じゃがを
四歳の姪の言うも嬉しき

廃校のグラウンドに来て
佇《たたず》めば
秋の蜻蛉の寂しく飛べり

露草の花弁鮮やか
空の蒼
映して咲くや仰ぎ比べる

失せものと袋戸棚に
手を伸ばし
椅子に滑って襖《ふすま》蹴破る

われ訪《と》えば
湿布の匂いすると言い
友は優しく凝る肩揉めり

父母の死に涙流さぬ
われなれど
逢う別れるに落涙のあり

人間の情けに触れて
感激し
涙流れて止まざりし時

泣くことも笑うことすら
忘れたか
テレビに笑う人羨まし

鮮やかに半円描く
虹立ちて
ささくれし気をしばし慰む

生徒らが練習休む
グラウンドに
ボールの残る場所取る如く

四歳の姪は帰省の
お土産を
リュックに詰めて盂蘭盆《うらぼん》終る

わが在所慰霊の踊り
久々に
下駄履き舞えば足の強張る

甲虫《かぶとむし》貰って甥は
管理せず
逃げ出た箱を恨めしく見る

愛用のレンガ色した
上着取り
解《ほつ》れるままに朝寒に着る
袖口の解れ気にせず
何年も
着るは気に入り捨て難き故
その上に下駄をつっかけ
ホテル入り
拒まれしこと懐かしきかな

夏なれば雪駄《せった》に短パン
手放せず
首にタオルをスタイルと決め
グラウンドに人影無いは
オフなるか
霜月晦日霜降り初める
山間を走れば飛礫《つぶて》
落ち葉舞う
予報じゃ今夜雪の降るとか

山間に勤める知人
訪ねれば
紅葉褪せたと冬入りを告ぐ

目覚めれば煙草一本
燻《くゆ》らせて
師走の朝間朝刊を待つ

急かされて名残《なごり》惜しみつ
立つ席は
八重洲に集う友ら八人

数多《あまた》ある窓の硝子を
一つ拭き
年末掃除終えた気になる

叔母ちゃんはお金持ちとの
伝説を
作りて甥姪買い物強請《ねだ》る

夏の日の妻が留守の日
水遣れば
桜草咲く晦日《みそか》の朝《あした》

人恋し新年明ければ
人恋し
故郷亡くした二人であれば
われは朝妻は午後にと
擦れ違い

惰眠貪る土曜日のこと
幼子を亡くせし友と
子を為せぬ
われと語らう笑える歳に

餃子にと買い置きしたる
合挽きの
肉を引き出しハンバーグ焼く
うっすらと雪化粧する
外に出て

畑に穴掘り残飯埋むる
高揚を見透かされしか
妻の言う
「喜んでない？」積雪の朝

眠れぬは吹雪の夜の
胸騒ぎ
幼き頃の昂ぶりに似て

眠れぬは吹雪に軋《きし》む
音なるか
そっと起き出し窓に確かむ

屋根の向き色の違いと
残雪の
嵩《かさ》の趣高きより見る

忙《せわ》しない雪降り三日
晴れ二日
今日は雨降る天気と変わる

手が痺れ腕は疼きて
目が霞む
勤めのあるに耐えて起床す

土曜われ日曜妻と
交代に
ひねもす寝れば家は小暗き

ぼろ糞に罵り合いて
過ごす日も
互いに譲る僅かな日あり

連れ添うてハウスに花の
苗植える
苦労の屋根に氷雨パラパラ

風に乗りとんびの一羽
流れ行く
春まだ浅き晴れしみ空に

耕せる田圃のすべて
沸き出ずる
灰の舞うごとホケ立ち上がる

都会とは言えぬ田舎に
住んでさえ
隣の入院ひと月知らず

心臓の発作に倒る
隣人を
見舞えば辛し痩せこけ臥《ふ》せる

わが腕の痛みも今や生活の
一部となりぬ
久しくあれば

癌であれ風邪や腹痛
押し並べて
怠け病とて一括りする

朝飯も食わずパソコン
昼近く
妻が焼き飯われは餅焼く

濡れつつも牡丹に傘を
差し掛ける
女は素足ゴム下駄を履く

侘びしさは起き来ぬ妻を
待たずして
夕餉の菜で朝飯を食う

眠られぬ熱帯夜とて
夜半に起き
パソコン叩けばキーに汗落つ

忙《せわ》しなく二本続けて
吸い去るは
技師と思《おぼ》しき白衣を着ける

忙しなく廊下の隅に
吸う煙草
味わうもなく義務の如くに

父親の代わりと乞われ
俯《うつむ》きて
優子と歩くバージンロード

知れたこと西瓜《すいか》メロンは
瓜なれど
西瓜は食うがメロン食わざり

巻寿司と稲荷は食うが
握り寿司食わぬ理由は
高価なる故

休暇なら朝昼晩と
飯を食い
間はすべて怠惰に眠る

朝餉なら味噌汁吸って
昼は麺
夕餉その場の成り行き次第

白鷺に恋をしたるか
檻の犬
吠える声にも甘さの滲む

色付ける稲田を区分けし
赤々と野火走る如
曼珠沙華咲く

台風も狂牛病も
吹っ飛ばす
マンハッタンのビルの崩壊

詰《なじ》られる訳あるときは
ただ黙り
嵐過ぎ去るときを待つだけ

謝って済むものでない
ことなれど
謝る以外ほかに術なく

大空を北と南を
直線に
結ぶ雲出て白碧《しろあお》と分く

近頃は緑茶を止して
プーアル茶
痩せる効能聞いてから後

師走なる夕餉の後の
転寝《うたたね》を
恒例にして大晦日来る

食欲がないと言い訳
二人して
朝飯抜くは土曜日のこと

休みなら茶腹も一時
飯食わず
お茶ばかり飲み過す日もある

日溜りに耳掻きするも
気持ち良し
膝枕なら尚更のこと

吐瀉と下痢起き抜けにあり
食えもせず
重たき身体電車に委ね

何時までも君と居たいが
そもならず
雪降る夜道足の重たき

愛用のパンツも長く
穿いたれば
ゴムの弛《ゆる》むも捨て難きかな

一つ事繰り返し遣る
妻の癖
例えば豆を煮るは幾度目

煮ながらに豆の味見の
多くして
体重計を横に備えて

企みをささやかにして
ほくそえむ
妻が留守とて弁当作る

松山の土産は茶碗
大き目の
とろろ用とて梱包を解く

痩せ畑の葱に白菜
ブロッコリー
大根採って夕餉のお菜

味噌汁に納豆混ぜて
冷奴
添えて食べるは妻の贅沢

蓮華咲く畦道行けば
甦る
あの草いきれ妖しき香り

父親の十三回忌
悩めるは
料理頼むか手作りするか

寄る歳か時勢の所為か
知らねども
癒し場所消す閉店通知

カーテンを開けて覗けば
気になりて
汚れし窓を拭いてみもする

藤の花皐月に見るは
適《かな》わぬか
卯月の山に房垂らし咲く

戯《たわむ》れに買いたる餅を
差し入れる
寝込む姪っ子インフルエンザ

妹の要望入れる
献立は
とろろに餃子肉じゃがとあり

良くならぬ甥の偏食
気掛かりて
泣くを承知で食えと強要

五歳でも切れるを知るや
突然に
物言わぬ子となるにおろおろ

体力の衰え試す
作業とて
畑に鍬耕《くわう》つ連休真中《まなか》

話すことあった気がする
会えばない
法事に集う兄妹三人

風呂も嫌食欲もなく
呆《ほう》ければ
皐月は晴れず雨の篠突く

同情は要らぬと言うは
分かるけど
代わるもならぬ君が失明

パンツ穿き腰に布巻く
ファッションを
われどう見ても奇妙奇天烈

妻の留守まとめて洗う
そう決めて
炊事場埋める茶碗や皿で

ズロースや猿股パンツ
パンティの
下穿き論を辟易《へきえき》と読む

起き来るを待つほど余裕
ありはせぬ
七時の出勤独り飯食う

冷凍の餃子を茹でて
食すれば
不味いとわれも妻も言いたり

美味しいの煽《おだ》てに乗って
作れるは
われの餃子と妻の伽羅蕗《きゃらぶき》

渇きたる畑に杓で
水撒けば
笊田《ざるた》の如く一気と滲みる

ヌード見て心休まる
わが性の
興奮無きを老いの所為とす

今夕のお菜は何と
人問わば
ビフテキ食うと胸反《そ》らし言う

パソコンで切符探しに
感《かま》けつつ
男爵とメイクイーンの違い講釈

山よ樹よ野よ咲く花よ
田よ畑よ
流れる水よ駆け巡る日よ

百姓に悲しき色や
畦の草
纏わりて着く田螺《たにし》の卵

二十年使いし砥部《とべ》の
湯飲み故
惜しみて欠片《かけら》合わせてもみる

われ参る妻の参ると
一緒にと
記して分ける初盆リスト

わが思い
片割れ月の様に似て
暗くはないが明るくもなし

流れ星
願いかけるかわが妻は
夜空を仰ぎ晴れるを待てり

吹く風が小雨を運ぶ
ホーム立ち
虹たつ空を仰ぎみるかな

わが妻は花を残して
旅立てる
「水を遣って」と言い忘れずに

誰一人わが一人身を
気遣わず
静かで良いが寂しくもあり

その上に駆け落ちせよと
唆《そそのか》す
会えばやっぱりその時のこと

台風と妻の帰国が
同じ日に
十日の留守に一降りもせず

竹は雪柳が風に
折れるなら
われの折れるは妻の小言か

一菜で済ませる食事
妻の留守
一度作れば三度と食し

三人の後家を並べて
写真撮る
セクハラ言わぬ同級会で

15号来るその日の
クラス会
十五人揃うも因縁めいて

西　南　東の空と
夕焼けて
北の空には黒き雲浮く

花見れば花に酔うてか
花作り
花が咲いたと鼻高々と

紅葉する木々に雪降る
霧氷する
冬はまだ先びったれ脅し

「海猫」と「晴子情歌」に
「海霧」やら
蝦夷地舞台を立て続け読む

微睡《まどろ》めば醒めて覚えぬ
夢を見る
背中に流れる汗を感じつ

夫を棄て男と逃げた
女ゆえ
葬儀に流す涙疑う

連鎖する如く思える
ふた月に
恩師級友三人と逝く

男ならどうしてみろと
覚悟問う
女ならとは言わない不思議

ほろ酔いは酒に酔わずに
唄に酔う
加藤登紀子にひとときを酔う

省エネも何処吹く風と
電飾を
灯す年の瀬異国思わす

食器棚移動させたる
その跡に
書棚を置いて気分転換

偶《たま》さかの一人暮らしも
乙なもの
蛇口止めたか心配あるも

接《つ》ぎ当てを恥ずかしかりし
われなれど
態《わざ》と穴開くジーパンを穿く

白鷺が刈田に降りて
餌拾う
縄張りありや等間隔で

缶麦酒《ビール》しっかり握る
手を翳し
煙草の火付け繰り返す人

その上に求めしＣＤ
かけて聴く
妻居ぬ二日雑煮を食わず

畦道に車椅子据え
拝みたる
老婆の前に杜の広がる

暖房は灯油ストーブ
一つきり
底冷え耐える小寒の日も

底突きし灯油の缶を
持ち上げて
今夜もたぬと早寝決め込む

六時半起き来ぬ妻へ
腹癒せと
味噌汁一杯難儀に作る

北国は斯くやあらんと
陽の射さぬ
空を見上げて涙ぐむおり

担当の医師が女医へと
代わっても
わが糖尿の癒えることなし

山形も秋田も雪か
岩見沢
零下続くと賀状で知らす

栄村越後境に
在るという
二月のシンポ行くは適うか

寝るが先われは沸かせし
風呂入らず
妻は徹夜で入るひともなし

明けやらぬ冷気耳刺す
出勤時
百舌《もず》甲高く鳴いて横切る

ずっと前グラビアに載る
ホームレス
指差しわれと言う甥五歳

脱ぐ服を椅子の背凭《せもた》れ
重ねれば
座布団代わり尻に敷くなり

フロントに梅の花びら
二、三枚
貼り付く見れば桜綻《ほころ》ぶ

葱《ねぎ》も菜も大根葉にも
花の咲き
食わぬを悔やむ毎年のこと

春立ちて風和らぐも
突然に
山の端霞め忘れ雪降る

訪《と》う声が何故に聞こえぬ
詰《なじ》る妻
わが難聴を知ってる筈に

心象の憧憬《どうけい》描くや
石の橋
君が二つ名マダムブリッジ

値段見て
絵を見るわれの審美眼
友の個展も例外でなく

夕食の最中に放つ
大音響
三十年を連れ添う成果

朝一の妻の挨拶
「ただいま」に
「おかえり」返し和むひととき

熱き風呂握り金玉
教えたる
祖母の姿が脳裏掠める

ゆすら梅丸ごと含み
種飛ばす
距離を競った日々はまぼろし

彼岸花その名違わず
咲き誇る
異常気象を知らぬが如く

起こしいる土の固さに
雨待てば
予報もなしに降るも嬉しき

ひとつ吠え間違えたかに
横を向く
犬顔に出る体裁悪さ

カメラ付き携帯電話は
罪作り
盗撮励む教師育てる

菊だけが何の花かや
曼珠沙華
毒持つ花も花は花なり

わが老いを自覚させるは
遭遇の
昔の知己と語り合う時

「飛翔」なるクラブのママで
名刺には
元代議士の肩書きを記す

うんこメも成長するか
日に二度を
一度にすれば太く形良し

柿に来る冬の蝿とて
侮れぬ
六匹のうち一匹逃がす

飽食や呆食とも載る
新聞に
食の乱れを改めて知る

憤り秘めて戻れば
宵闇の
五度の冷気に寒さ感じず

正月の三連休の
昼餉には
餅焼き食うも黄粉塗《まぶ》して

すき焼きと言えば豚ちり
妻の言う
わが糖尿の影を落とせり

留守なれば持ち行く封書
ポストにと
向けばわが腰犬の叩けり

今晩のお菜を聞くに
芋を煮る
ならば魚と鯛の粗買う

鬼ごっこ戦術変えて
待ち伏せか
追う子が一人車の陰に

寒の入り確かとばかり
明けやらぬ
外は仄《ほの》かと雪明りする

手伝いの京都より来し
妻が友
餃子とろろと夕餉を明かす

昂ぶりは積雪深き
朝のこと
来ぬ新聞を玄関に待つ

積雪に喧騒消えて
不気味なり
諍い終えし我が家にも似て

暖房に火照るからだで
畑に出て
雪を払いてブロッコリー採る

撓《たわ》みたる去年に買い置く
牛蒡《ごぼう》削ぎ
時雨煮などと炊事場に立つ

キュッペチャと喧《やかま》しい音
聞くも良し
雪解け道の懐かしきかな

斯くやあるこの薄暗き
空仰ぎ
秋田の空のどんよりを知る

一株の数珠玉《じゅずだま》畦に
立枯れて
黒きが霜に真白く光る

肩を超し背中に届く
髪なれば
梳《けず》れば櫛に纏わりつけり

呼べば来る呼ばずに来ると
様々に
友の集いて選挙らしくに

起き抜けに着替えもせずと
情勢を
ストーブ前に妻の語れり

支持要らぬ節介焼くな
言いたくも
言えば荒立つ辛い選択

当選の祝いと掛かる
声聞いて
投票の有無探る習性

習慣は恐ろしきもの
土曜日に
目覚まし掛けず目覚め五時半

降る雪を浴びて佇む
橋の上
外灯川面を斜めに照らす

逝く冬を惜しむかこの日
雪の降る
柳の芽吹き伝える朝《あした》

一日に風花止めば
陽の射せる
繰り返しおり忙しき天気

カチと言う罠を連想
幼き日
雪を分け入り獲物確かむ

カチ罠にヒヨドリ捕う
醍醐味に
一度たりとも味わえぬ悔い

啓蟄《けいちつ》を狂わす意図か
寒の来て
山を化粧し田に薄氷

同僚の掘りし山芋
揺り下ろす
三月四日結婚記念日

春うらら今日の陽気を
口に出し
一〇五連敗馬を連想

着実に春を感じる
陽射しなり
昨日より増す転寝長き

三羽ほど藁《わら》にまみれて
小雀の
餌漁りおり微笑み通る

「くらすど」は友の口癖
連れ合いが
「暮らしている」の応酬愉し

余裕なきこの頃のこと
今朝見れば
木蓮いつしか満開と咲く

体調の良さがさせるか
将《はた》晴れか
耕す畑に花吹雪舞う

山藤は俯き咲ける
桐の花
紛う紫天《そら》仰ぎ咲く

崎山は心休まる
わが在所
友訪えば桜草咲く

水が垂れ血の滴れる
わが鼻を
塞げば不思議片方に出ぬ

鼻水に鼻血の混じる
ティッシュ見て
風邪は分かるが鼻血は何故に

聞こえるは要らざることも
含むから
難聴なるも良きことなるか

ちょっと前歯痛に耐えて
今日は耳
見えぬ右目の痛んだことも

わが癖を罵る妻に
抗えぬ
処構わず足の皮剝ぐ

補聴器も電池切れれば
哀れにも
音を遮断のただの耳栓

切なきは諍いの後
指摘さる
わが間違いを理解せし時

歌うかな？「一本の鉛筆」
聴くために
特番になる美空ひばり観る

竹撓《しな》る電線が鳴り
落ち葉舞う
野分の朝の通勤の道

係累のなき身にあれば
二週間
妻旅立ちて独り飯食う

掃除せず洗濯もせで
一週間
茄子を枯らすな暮れて水撒《ま》く

雹《ひょう》混じる時雨は烈し
窓を打ち
屋根を叩いて耳を劈《つんざ》く

楽しみは走行メーター
数字見る
例えば六が五つ並ぶを

覚めやらぬ擦《こす》る眼に
眩しかり
消し忘れたる蛍光灯の

愉しみはわが手になりし
弁当を
時報聞きつつ開くその時

霜月の晦日に出でし
白い月
丸い雲かと見紛いて追う

ハルピンの蛇行跡を
なぞりつつ
「苦い涙の大地」を見入る

高鳴りし
胸の鼓動も
昔日のことと流れて元旦迎う

還暦が如何程のこと
係累の
無きわれなればただの老いぼれ

斎場に黒き塊点々と
わが靴底の
剥げるを知らず

年々と白うなりゆく
髭見ては
祖父の面影思い出しおり

半切の橙《だいだい》三個
湯に浮かべ
柚子の代わりと香り楽しむ

軒先の雪の塊
消えもせず
日毎小さく黒うなりゆく

誰か来て
われに添い寝はないものか
雪の予報に独り寝る夜

鈎型《かぎがた》に曲がり棚引く
煙なら
山を鉢巻する如見ゆる

暗がりに池の端往けば
水鳥の
羽ばたく音にわれも驚く

不思議にも三日歩けば
忘れてた
人の名すらと口の端に出る

泥棒もオレオレ詐欺も
無き島と
地震逃れし老人語る

花曇る空を見上げて
クシャミして
下着一枚減らして出勤

植栽の柘植《つげ》の枯れ枝
ボキボキと
触れなば折れる草を抜く手に

池の端を歩けば不気味
牛蛙
その鳴き声は空き腹の如

わが影を踏みつつ往けば
街灯に
消されて背中の月を確かむ

療養と
夜に歩けば月明かり
日毎に満ちて影を濃くする

寒暖のその差烈しき
夏の入り
風にそよぎし麦の色づく

わが伸ばす髪を梳《けず》って
三つに編み
薔薇で飾りしスナックの女

門に立ち通る車に
手を振れる
老婆は悲しにこりともせず

竹林に踏み分け入れば
誰か在る
気配を見せて風に弾ける

久しくと待たるる雨の
降りくれば
濡れるに任せ畑の草取る

それなりの雨量なりしも
潤わず
起せば畑に土煙立つ

五百個のわれの作りし
吊るし柿
納まる箇所に送りて師走

わが意思を出せば諍い
呼び込むと
ダンマリ決めて師走早かり

柿二人林檎は四人
送りくる
わが還暦の二度となければ

ネクタイを締めぬわれにと
還暦の
祝いと姪は涙と渡す

折る馬鹿の桜を手折りて
卓上に
飾るも無残吐く息に散る

嬉しきはわれと写りし
写真入れ
カレンダー為す香織と優子

安部川と雑煮と別れ
餅を食う
二人家族の如月二日

引揚げの話は悲し
間違えば
棄民の憂目帰れぬ人も

茄子おくら向日葵すべて
薙《な》ぎ倒し
台風14号夜半に抜ける

面白きことも無き世に
不善せず
わが暇潰し「盗名作語」

著者（1998年）

第３回芥川賞作家・鶴田知也氏が酔いにまかせて描いた著者の似顔絵。鶴田氏は同窓の先輩。（1979年２月16日画）

じいさんと
呼んだよしみの
鶴田翁
酔うと絵を描く
字書きにもなる

わが思い
差し詰めこうと
還暦を
人手頼みし
イラストに見る

「安本淡の還暦に贈る」（広野司氏画，著者蔵）　葉山嘉樹（プロレタリア文学者），堺利彦（社会主義運動の先覚者），荒畑寒村（社会主義者），廣野八郎（労働者作家），鶴田知也（作家），高橋良蔵（農民運動家）

草堂にお茶と憩えば
美形在り
視線厭わぬ女優と見たり

中国成都にて（2004年５月）

妻への苦言

たじろがず一歩も引かず
怯《ひる》まずに
君の決意は世直しと知れ
勇気ある決意の下に
闘いて
妻は今日より議員となりぬ

三選を果たして後の
わが妻は
慢心ありて無聊を託《かこ》つ
体重を計りて妻の
食事前
肥《こ》えた痩せたと一喜一憂
怠惰なる妻を訝《いぶか》り
訊いてみる
もしかして今更年期かと

転寝《うたたね》の名手と妻を
揶揄《やゆ》すれば
額隠さず寝てないと言う

暑いとてパジャマのズボン
脱ぎ捨てて
眠れる妻に欲情湧かず

下穿きも腿も露わの
寝姿は
女を止めし証しと認む

寝巻きでも着替えても尚
小半時
ストーブを背に蹲る妻

印刷の足しにと届く
浄財は
妻に代わりて涙ぐみ受く

てらいなく生活すると
言う妻の
衒い読めぬに蹴りを入れたり

郵便はがき

料金受取人払郵便

福岡支店
承認

420

差出有効期間
2011年10月12
日まで
（切手不要）

810-8790

171

福岡市中央区
長浜３丁目１番16号

海鳥社営業部 行

通信欄

＊小社では自費出版を承っております．ご一報下さい．

通信用カード

このはがきを，小社への通信または小社刊行書のご注文にご利用下さい。今後，新刊などのご案内をさせていただきます。ご記入いただいた個人情報は，ご注文をいただいた書籍の発送，お支払いの確認などのご連絡及び小社の新刊案内をお送りするために利用し，その目的以外での利用はいたしません。

新刊案内を［希望する　希望しない］

〒　　　　　　　　☎　　（　　）

ご住所

ご氏名《フリガナ》

（　　　歳）

お買い上げの書店名

憂さ晴らし

関心をお持ちの分野

歴史，民俗，文学，教育，思想，旅行，自然，その他（　　　）

ご意見，ご感想

購入申込欄

小社出版物は，本状にて直接小社宛ご注文下さるか（郵便振替用紙同封の上直送いたします。送料実費），「トーハン」，「日販」または「地方・小出版流通センター」の取扱書ということで最寄りの書店にご注文下さい。

なお，小社ホームページでもご注文できます。http://www.kaichosha-f.co.jp

書名		冊
書名		冊

わが蹴りし足は思わず
右脇に
手術のことも忘却のうち

転寝は眠るに非ず
妻の論
今日は昼寝をしないと言えり

冷蔵庫をかけて
掃除機を入れる
言語障害か妻の会話は

この頃の言葉の違い
妻のこと
葡萄《ぶどう》の蓋《ふた》に蟻がきてると

この椅子に
掛ければ眠くなると言う
睡魔の来るは椅子の所為《せい》とか

どの椅子に在っても眠る
妻なれど
特別の椅子設けて眠る

参謀と秘書と夫を
期待する
妻は議員と二足の草鞋

毎日と支持を訴え
手応えに
廻る足取り軽くも重くも

今日もまた点けたテレビに
背を向けて
パソコン向かう妻の節約

父親の死んだ齢の
五十四歳
なったと妻は日出生《ひじゅう》台《だい》行く

覚めやらぬ妻は己が手に
包丁を
当てて挽いたと大声上げる

己が手を挽く所作並べて
惚けなれば
早くはないか五十六歳

わが妻は坩堝を示し
読めと言う
るつぼと読めば違うと言いき

立上げしホームページを
覗かぬと
われ詰《なじ》るほど主張あらざり

感情の起伏激しき
この年の
二月改選正月の妻

雑談のなかにこそあれ
耀ける
情報摑め競争社会

遣る事が一杯あって
何もせぬ
終《しま》いに誰か遣ってと泣くか

ひと月の後に告示を
思わせぬ
妻は新聞二紙を隈なく

人生を終えて七つの
誕生日
五度目の決戦間近と燃える

辞めて後
わが楽しみの筈なるに
妻が先取り晴読雨読

山積みの課題抱えて
わが妻は
逃げるが如く議会傍聴

褒めよとて達観の如
妻の言う
われの言葉に棘《とげ》あると言う

わが言に棘と言うなら
われ咎《とが》む
妻の言葉は毒塗りし針

この俺にインテリジェンス
求めるは
妻錯乱の兆しに見ゆる

重装備為して出掛ける
基地前に
積雪のなか初めてのこと

明けて早や六日となるに
妻の言う
気分の切替え未だできぬと

起きたかと思えば違う
まだ寝ると
声だけ残す妻の律儀さ

マイカップ誇示する如く
紅を付け
今日二杯目の牛乳注ぐ

風邪引いて炊事場立てぬ
妻なれど
基地に行ったり宴会出たり

草を燃す木切れ欲する
意を汲みて
集めてくれば釘は要らぬと

天球儀明かり灯して
星座名
読もうとすれば文字が逆さま

飽いたから未知なる処
尋ねたし
地獄があれば其処で良いが

贈り主遇えば着てるか
問わるるに
シャツの解禁言い渡す妻

ソファーに寝るわれを詰りて
畑に出し
パソコン盾に転寝の妻

参謀は表に出ぬが
常道と
妻の六選複雑に聞く

批判者を以て任じる
わが妻の
真骨頂か遣らずと詰る

殺意さえ呼び起こさせる
その言葉
吐くその口を塞げぬものか

テレビ見つ新聞読みつ
いちいちと
批判を口に相槌求め

届きたる栗剝きおれば
剝かぬ妻
渋皮残さず取れと指示する

暖房の全てを切りて
出勤す
起きぬ妻への報復と知れ

独りでは寂し過ぎると
言う妻の
朝餉の席に居ることは稀

妻のする作業すべてを
家事と言い
われが為しても家事とは言わぬ

自主的に炊事為しても
所詮家事
手伝うだけと妻の言い分

朝まだき部屋を仄かに
照らせるは
消し忘れたるパソコン画面

根気無くパソコン向い
煙草吸う
お茶を飲むなど繰り返しおり

わが怠惰妻に伝染したる
否
妻の怠惰がわれに染《うつ》れり

いらいらは何処から来るか
三が日
消したテレビを点けて寝る妻

妻居ても勤めとあらば
独り起き
独り飯食い自立鍛える

妻の乳病

癌なんて病名悪い
この後は
われの名付けし乳病と言え

久しくも触れること無き
わが妻の
乳房の痼《しこ》る片側なれど

痼りたる左乳房に
癌巣食う
診断結果に動揺隠せず

前向きに明るく生きる
これしかない
妻は本日乳癌告知

その因は検診受けぬ怠慢か
触らぬ夫か
乳癌進む

奥津なる温泉に宿
決めたるも
潰瘍痛み急ぎキャンセル

明けぬれば乳房にメスの
定めなら
写真に撮るとわが妻言いき

窓拭かず書棚の硝子
磨かずに
来る春迎うは初めてのこと

大晦日冷たき部屋に
独り寝る
しこる乳房の手に甦り

ある内に胸の写真を
撮ると言う
妻を湯船にカメラを向ける

病む乳房抱きて妻は
基地前に
出掛け行くなり笑みを浮かべて

ほっとする思いも過《よ》ぎる
妻は今日
病める乳房を抱きて入院

癌病みて
乳房切らるる妻哀れ
女と間違うひとあるにせよ

乳房切る
日は十一日と決まりたる
われはそれ迄飲まぬと決める

摘出の乳房を見れば甦る
感触残る
この掌に

手術日に妻に届ける
まだ温き
パジャマを畳む夕日射す部屋

示されて摘出されし
乳房見る
握る指先汗を感じつ

饒舌は回復のそに比例して
口も動けば
腕も挙がりて

乳房取り偽の乳房の記事の載る
新聞見ててと
妻は言い置く

眠れぬは眠るを欲っさぬ
証拠だと
言うも気休め知りつつ言いき

施せし傷より引ける
管長く
赤き糸引き「いい」にも似たり

妻の癌末期であれば修羅の家
想像するだに
身の毛も弥《よ》立《だ》つ

いつ来ると見舞い催促する妻に
予定立たずも
明日行くと言う

妻見舞う友の持ち来る
猫柳
芽吹く綿毛が春を告げおり

縦に切り横に切りたる
術跡を
見せんと妻は裸体を晒す

手で梳《けず》るその手に絡む
髪多く
副作用かと戦慄走る

浴槽に浮かびし髪の
多ければ
われの髪かと掬いても見る

「胸を見る」着替えの最中
われを呼ぶ
見ても詮なし「見らん」と言えり

毛髪の抜けるを気にす
慰めに
瀬戸内寂聴剃髪を言う

乳病や入れ乳なるは
妻を指す
今朝は新たに禿女とか

また抜けた止まったようだを
繰り返し
妻は手櫛で頭髪梳けり

見てみてと妻の指す方
目で追えば
スキンヘッドに三つ編乗せる

病むことは病める人のみ
知る痛み
人の噂で痛み言うまい

病む妻の見舞いに貰う
苺など
八個潰してミルク掛け食う

III

灯炷殄熄

：とうちゅうてんそく

ライフワーク

盟友と思いし人の
変節に
近親憎悪と他人は言うなり

闘争の総括とすると
嘯いて
われは友住む十勝流離《さすら》う

いたずらに過せし日々に
胸痛む
戦争への危機紙面に見れば

良き友と悪しき友とを
色分けす
選挙中なる悲しき習性

気持ち良くビラを取り行く
人らみな
良き人に見ゆ寒き駅立ち

山間のゴルフ場なる
ストライキ
歌声響き赤旗靡《なび》く

竹山《ちくざん》の重き三味線の音
研ぎ澄まし
わが胸を打つ打擲《ちょうちゃく》の如

演説の声を掻き消す
皐月雨《さつきあめ》
築城基地には傘の花咲く

戦術も戦略もない
闘いに
展望見えぬ運動を忌む

おぞましき世情不安は
誰の所為
われに罪無し為政者が罪

虚しさは培《つちか》いしもの
ことごとく
否定されたる情勢変化

霧雨のなかを歩きつ
思い出す
反合理化の闘いし頃

式典の君が代斉唱
歌わずも
起立したるをわれは恥じ入る

君が代も日の丸もまた
戦争の
象徴なるにわれは認めず

顎足《あごあし》のついたるサロン
批判して
今その会に巻き込まれつつ

感情の起伏烈しき
われなれど
交渉の際演技ままあり

疑えばきりない仕種《しぐさ》
多けれど
この頃多き見逃す処世

日の丸は幼き頃の
弁当と
白地に非ず麦飯なれど

君が代は千秋楽の
セレモニー
スイッチ切って聞くこともなし

罰すると言うアメリカの
大統領
君臨表す恐ろしきもの

遣られたら遣り返すより
その前に
原爆投下を思い起こせよ

拉致言えば連行の過去
浮き彫りに
征伐支配如何に詫びるや

抵抗があればある程
燃え上がる
わが抗いの灯炷殄熄《とうちゅうてんそく》

今一つ不思議を言えば
四月やる
集会何故にメーデーと言う

血の歴史抑圧の歴史
学ばずと
四月にノルマ集会蔓延

爆撃も津波も悲惨
インド洋
イラク思えば屠蘇の飲めざり

十万を超えて未だなお
増え続く
津波被害に祝賀躊躇《ためら》う

命賭し天皇制に
反対を
公言するも叙勲に加担

変節のひとは少なくないものの
己が都合で
選ぶに不信

アトム生る二〇〇三年
四月七日
イラク戦争地獄絵悲惨

棚にある「反戦」と記す
ヘルメット
わが青春の証しと見入る

懐かしく「反戦」とある
ヘルメット
大事と拭きし妻が留守の日

日の丸を国旗と認めぬ
わが家に
元旦なれど玄関淋し

元旦の中学校の
グラウンドに
日の丸の旗目障りの旗

旗揚げず門松もせず
わが家の
慣わし確か無辜《むこ》の民死ぬ

職場にて

「この野郎」思いし人の
多かりき
なかでも山口許せぬ言動
二時間の酷い通勤
旅行だと
抜かした所長その言憎し

無意識に米を零せし
我罪と
勧告値切る政府の罪は？
性《さが》なるか我の義憤は
治まらず
端末機導入されて今なお
宝刀を抜くこともなく
闘いは
いつしか終るこの頃のこと

悔しきは意に染まぬまま
辞令受け
赤字覚悟に通勤せしこと

窮屈は仕事無くとも
着席し
古き書類に目を通すとき

行革にわれが職場の
先無くば
シンポ参加に虚しさ覚ゆ

事の度綱紀粛正
通達し
官僚汚職の所在誤魔化す

サービスが時代のニーズと
説く講師
聞くより聴くと真顔で言えり

空《から》出張止めるべきだと
主張する
葉山の言葉思い出しつつ

階段の上り下りだけ
印象に
残して終えぬ博多勤務を

組合の存在意義を
何とする
新規業務は裏付けもなく

闘いは自己犠牲なく
済まされぬ
説きしあの頃四年ほど前

むざむざと大魚を逃がす
心地する
無抵抗なる職場縮小

その上はわがノーネクタイを
咎《とが》めしは
省エネルックを如何に聞くやら

端末機自在に操る
後輩を
恨めしく見て老いを感じる

今更の思い強くも
指示で書く
行革抗す要請葉書

O某は万札崩し
H某
小銭集めて千円に換う

おはようの挨拶できぬ
むっつりも
十時過ぎれば饒舌《じょうぜつ》止まず

小昼とて菓子を食べたる
同僚は
小昼を知らぬ世代の生まれ

客体の謝礼の品は
洗剤で
合成なるに配布躊躇《ためら》う

何故なの?と
取替え求め荒げても
合成洗剤皆無の知識

不整脈胆石ありて
糖尿も
同僚病みて病名覚ゆ

組合も当局とても
同じこと
危機認識の無きに等しく

なし崩し業務の見直し
襲い来る
現地の苦悩有無を言わさず

ふつふつと沸き立つ思い
はや消えて
行革絡みの話聞くのみ

腹立てぬサラリーマンと
揶揄《やゆ》されて
憤りなく行革進む

天に向け唾棄する如き
忠告よ
勤務時間を云々言うは

この頃の調査業務の
在り様は
遣るも止めるも朝令暮改

蘭の鉢机上に置きて
愛《め》でる人
われはヌードを机上に愛でる

ひとめぼれどまんなかとか
どんとこい
名前も変わるミルキークイーン

命名に苦心の跡が
沁みている
訝《いぶか》り聞くはお米の品種

小便をしつつ身震い
ひとつして
寒くなったと同僚の言う

東京に業者癒着の
事あらば
地方に実態調査始まる

日溜りを恋しく思い
窓際に
佇み居りし霜月五日

出会う女みな美しく
見える日は
聞き取り調査進みたるとき

セクハラの防止を言える
職場でも
美人を謳うチラシ回覧

潔く辞めたく思う
日もありて
悶々のうち惰性と勤む

ギャラリーに三人の子を遊ばせる
母は逞し
茶髪の世代

昼飯を済ませて出れば
氷雨降る
信号待つ間を庇《ひさし》に避《よ》ける

果てしなき荒野にわが身
置く心地
行政改革進む職場は
麻雀とゴルフは寧《むし》ろ
必修の
競技にあれど何故か嫌わる
碁や将棋オセロがあって
麻雀が
レクに入らぬは先入観か

お茶汲んで誰ぞ切りたる
羊羹を
一切れ摘む休息の折
他人《ひと》の糞握るが如き
気分する
組織再編犠牲となるは
風に舞う薄紅の
花びらに
別れの季節涙流さず

弁当の安価が故に
疑いて
高くにつくが食堂巡る
「以津み」なる格式言える
料亭に
人妻二人と昼飯を食う
酔い痴れて財布落せし
同僚を
笑えぬわれも何度と落す

わが身体壊れたるごと
眠気あり
喫煙に立つ回数の増し
クーラーが入れば寒いと
言う人と
入らねば暑い調整難し
倒伏《とうふく》の「伏」の出で来ぬ
端末に
食糧事務所の行く末案ず

クーラーの風穴ときに
塞いだり
開けたりしては温度調整

誘われて旨いと伝う
うなぎ屋に
待つ行列のしんがりに着く

昼食に何を食うかが
当面の
課題なりしは穏やかな日々

もやもやの晴れる日なきに
今日もまた
組織縮小荒波の立つ

一太刀を浴びせる相手
数多《あまた》居て
果す間ありや定年三年

警鐘の鳴るを待ち侘ぶ
心地する
いい加減指示いい加減聞く

署名簿に妻の名を書く
同僚に
人格無視を問うてみもする

労組無き職場の如く
こと進む
無駄と知りつつ抗いてみる

「よのなかなかなかなかなのよ」の
回文が
何故か気になる抗いたる日

植栽の柘植の隙間に
草取れば
頭まで入れ髪に柴刑《さいけい》

茂りたる柘植の垣根に
手を入れて
草取る腕に血の流れ出る

檄文を
書くも過激に
「与えらる餌なら家畜闘い取れ」と

着る物も食べる物にも
多かりき
産地表示は中国とあり

鰹節を鉋《かんな》で削れば
けない言う
けないは何と同僚の訊く

風邪引きも様々ありて
面白き
休む無理する五年も引かぬ

同僚の母の訃報に
わが父の
香典メモにその名を探す

不条理に抗い生きて四十年
一敗地塗《まみ》れ
去り行く職場

権力に抗う術の
われに無く
せめて一矢の辞職ならまし

盗人と同じ禄食む情けなさ
ならば辞職の
ときぞ早めん

盗人の重用される
職場など
本よりわれの居場所に非ず

定年も馘首《かくしゅ》の一つ
抗いて
半年ばかり辞職早める

わが言葉解さぬ奴に送らせず
我慢限度と
去り行く職場

人権を踏み躙《にじ》りたるその言葉
人としならば
万死に値

盗人が同僚誹謗蹂躙す
糺《ただ》すひとなき
危ない職場

人権を侵せし人と啓発を
職務とするが
野合の職場

わが名以てメール交信事跡見る
怒天《どてん》を超えて
悪寒の走る

わが名指し気持ち悪いの
怪しいの
交信するを不問の当局

わが身体出勤拒否を
するごとく
休暇決めれば痛み和らぐ

果てしなき荒野彷徨う
気などする
論争破れ帰路に歩けば

髭剃らぬ初出勤を
何故と訊く
床屋の休み言い訳にして

通勤途上

雪かとも見紛うほどの
霜降りて
手袋せし手に息吹きかける

片手にて自転車漕げる
娘あり
息を荒げて携帯電話す

雨降ればゴム長靴が
重宝と
視線気にせず新幹線《かんせん》通勤

氷雨《ひさめ》降るホームに佇《た》ちて
不景気の噂違わず
実感す

二時間余
踏切事故とて来ぬ汽車待てり
早朝なるに客引きの声

街路樹の日に日に赤の
濃くなりて
秋行き冬の到来知らす

櫨《はぜ》赤く公孫樹《いちょう》黄色に
色付きて
山の端際立ち立冬を過ぐ

山間を抜けるわが目に
飛び込むは
色鮮やかに冬の虹立つ

霜深く路肩の電線
被うほど
鳥とまりて鳴き声のせず

ボタ山を紅葉彩る
この季節
つかの間なれど通勤楽し

路端なる二つ建ちたる
温度計
予想当たれば良き日と思い

青空に楽譜描くごと
電線に
鴉《からす》 憩える朝餉の時分

三セクの無人の駅に
佇めば
叢《くさむら》 迫りホームせばまる

通勤の行く手に零《こぼ》る
葛の花
昔は見向くことぞ無き花

霧深きホームに佇ちて
燻《くゆ》らせば
紫煙は下に重く棚引く

声低く雉のつがいの
睦まじく
畑に出で来て餌啄《つい》ばめり

今日もまた遇えるかと見る
畑なれど
雉のつがいは姿を見せず

駅頭に煙草を点けて
暖を取る
温暖化など忘れさす朝

座るなり携帯電話
弄《もてあそ》ぶ
褐色と染む爪の指以て

褐色と染めたる爪に
紅を取り
唇に塗る仕草愛らし

頬杖をついて転寝
心地よし
外れる度に辺り見回す

会う女の指輪の有無を
確かめる
さもしき性を寂しく思う

悲しげな顔で携帯
耳に当て
乙女の電話別れ話か

これほどの無駄があろうか
通勤に
二時間掛けて居眠りするは

ホームから伸びしわが影
その先に
露を宿せし剣葉《つるぎば》光る

門司駅の4番ホームに
立ちおれば
サッポロビールの赤い文字見ゆ

笛鳴れどドアの閉まらず
焦る人
レールバス乗る車掌は若く

駅頭に配るティッシュを
貰えぬ日
厄日と思うさもしき心

携帯を操る傍に
乳母車
電車の揺れに眠る嬰児

容貌もスタイルも良し
センス良し
コートの綻《ほころ》び気にせぬも良し

自転車の少女はブラウス
膨らませ
軽やかに過ぐ風を起して

右手なるノートを捲る
乙女あり
左手確かと手摺りを握る

マニキュアもペディキュアもなく
薄化粧
乙女は素足新鮮に見る

紙屑を座席の縁に
隠す如
押し込む少女気にするもなく

じっと見る揺れる乳房を
じっと見る
妻に無き故感触久し

降りもせず照りもせぬのに
傘を差す
女は昨夜何処に濡れる

今日もまた神社の前を
通る頃
二発の放屁木立に消える

街路樹の楠の若葉の
目に優し
レールスターの窓越しに見る

気持ち良く飲んだ証か
二駅を
眠り乗越す上り無き刻

数珠を巻く女は若く
そは見えず
水子供養か指輪のありき

曲芸の積りか娘
自転車を
漕ぎつつ煙草取り交わし吸う

温もりし足にあれども
五分ほど
ホームに佇てば爪先冷える

枯葉つけ小枝が走る
冬の道
凩《こがらし》の為す悪戯なりし

一夜さり凩吹いて
路の端に
裸の木々が空を突き刺す

はっとする美人に出遇う
時もある
電車通勤楽しみもあり

足からと寒さ身体を
昇りくる
大寒の朝ホームに佇てば

地下道に所狭しと
ごろ寝する
ホームレス避け野暮用済ます

糖尿を気にしてありや
ホームレス
壁を相手にボール投げする

行き先に不安の故か
重ね見る
博多駅舎を宿する人ら

凩《こがらし》に騒騒しいは
楠木で
欅《けやき》公孫樹は音たてもせず

笑うひと欠伸《あくび》するひと
眠るひと
さながら羅漢電車のなかは

風に向き煙草に火を点く
女あり
諦めもせずライターを振る

青き苗一面被う
くもの糸
露を宿して朝陽に光る

溢れ出る若さ剝き出す
服装で
駅舎の土間にジベタリアンか

必ずと乗り込みザマに
袖捲くり
髪梳く乙女潑剌《はつらつ》として

髪を梳き二つに分けて
三つに編む
少女は立ちて通路に揺れつ

必ずや
ドアの近くに佇みて
鞄を足で挟む女生徒

足跡のまだ付きもせぬ
ホーム見て
降りて踏みたい衝動頻り

雪解けの歩道は黒き
シャーベット
ゴム長靴に程好く馴染む

人体を改造するに
穴を開け
腕に傷入れ流行で済むか

行きずりの女にしあれば
毎日と
電車に遇えば愛しくもあり

毎朝と道端送る
犬一匹
今朝居ぬそこに事故車居座る

寝そべって見送る犬が
雨の朝
すっくと立てる姿凛々しき

窓叩く驟雨《しゅうう》は激し
音立てて
鉄砲水を車が撥ねる

顔染めて便器に向かい
自慰耽る
青年悲し猿を思わす

女子高生態

屯《たむろ》しておだを上げおる
乙女らも
やがて子を抱く母となるやら

拍子取り横笛吹ける
乙女あり
校舎の陰に独り座りて

梅雨空に傘を失くして
ずぶ濡れし
女子高生の胸清々し

悪びれず高校生徒は
制服で
長き口付け憚るもなく

大根を並べ干したる
階段の
女子高生の短きスカート

女生徒は手提げ鞄に
帯通し
リュックと背負う決め事の如

ブラウスの白きが眩し
校門に
群れて登校女子高生の

レールバス女子高生の
屯《たむろ》して
時折上げる耳突く声を

サングラス鼻にずらして
化粧する
アーミールックの烈《き》つい眼差し

指に唾つけて睫《まつげ》の
手入れする
女子高生の口は開いて

今日も見る睫の手入れ
余念ない
女子高生の腿《もも》の太かり

首傾げ眉を引きつつ
喋りおる
女子高生は足を組みたり

股広げ階段塞ぎ
座りたる
女子高生はブルマーを穿く

堂々と煙草燻《くゆ》らし
闊歩する
女子高生に恥じらい見えず

雨降れば高架の下に
屯して
女子高生の放歌始まる

鞄から取り出すものは
本ならず
化粧道具を次から次と

能面の如く化粧し
ピエロかと
嫌気起こさす可笑《おか》しくもあり

旅の途中

わが旅は
物見遊山《ものみゆさん》とならざりし
大会参加素通り多き

伊江島を臨みて立てる
断崖の
ここ万座毛《まんざもう》芝生の枯れて

観光の旅にしあれど
沖縄は
基地の街なり爆音烈し

奥津なる宿より見入る
吉井川
雪飲み込むを見とれて暫《しば》し

つぶ沼のわかさぎ釣りは
一斉に
日暮れとともに立ち去り行きぬ

北国の真澄の空は
珍しく
われを迎えて春を思わす

湯沢なる犬っ子祭りに
こだまする
晴れた夜空の冬の花火よ

泥湯なる硫黄の匂う
湯治場は
廃墟さながら人一人無く

奥入瀬《おいらせ》は北国なるや
十月に
雪に混じりて紅葉舞い散る

土崎の港の夕陽
取り入れて
碑は除幕さる風強き日に

夏なれど十勝の川は
冷たくて
広き中州に萌えるものなし

摩周湖の木陰より見る
屈斜路湖《くっしゃろこ》
その名の如く傾きて見ゆ

芽吹きたる若葉の映えて
眩《まぶ》しかり
切り立つ下に小波たてり

振り返り見れば目頭
熱くなる
旅の終わりはオロフレ峠

親のこと子供のことに
連れ合いの
愚痴言い合いて旅の夜は更く

うちなびく草枯れており
山裾の
トカラの馬の群たるところ

大雨の警報ありて
見上ぐれば
開聞岳に雲懸かりおり

名も知らぬ旅先の街
立ち寄りて
ウッドハウスにじゃがいもを喰う

手作りのウッドハウスの
その裏に
濡れそぼりつつ馬は草食《は》む

霧雨の煙るさなかに
訪《おとな》うは
ニングルテラスと呼び名新し

この俺に似合わぬ趣味と
言われつつ
訪ねる富良野ラベンダー咲く

名を成せしメロンの里の
夕張は
炭鉱《やま》に代わりてハウスの続く

ユーラップの淵を眼下に
ビンニラの
丘に建つ碑の蹲《うずくま》りおり

山陰は花冷え厳し
吹く風に
身震いしつつ津和野を歩く

笠山の桜は満開
風に散る
花びら池の一面蔽う

淡々と来し方語る
九十八歳
聞くひとみんな戦後の生まれ

中野区のチャンチキ通りに
ひっそりと
商う菓子屋英国堂訪う

新宿に下り立ち向かう
歌舞伎町
若き女のふらつき歩く

元町の南京街に
豚まんを
求めて並ぶ三十分と

広場には立ち食いの群
よく似合う
老いも若きも童も居たり

浴場のないホテルにて
椅子席の
忘年会も一興なるか

麻雀とトランプゲーム
囲碁の組
われは独りでテレビ見て寝る

飯終えて南京街を
漫《そぞ》ろにと
歩けば人の群に飲まれる

木曾谷の山口村に
訪ねるは
葉山が夫人ひっそり暮らす

木曾路なる嘉樹《よしき》が歩く
われもとて
落合に降り中津川まで

婚前の旅は津和野に
宿とりて
五目並べて肌触れもせず

虹立てる黒部のダムに
佇めば
「黒部の太陽」浮かびくるなり

高山の朝市に来て
求めたる
刳《く》りのお櫃《ひつ》は使うも惜しく

あきなるが安芸と言えるを
知りたるは
夏の宮島訪れし故

仙台の大会会場に
遇う女は
思いもよらぬ東京の人

土佐高知桂《かつら》の浜《はま》に
波立たず
小春日和を眼下に眺む

その上に瘋癲《ふうてん》宜しく
立ち詰めの
青森までの急行懐かし

外輪の大観望に
降り立ちて
眺める阿蘇に畏敬覚える

馬酔木《あせび》咲く阿蘇の山道
駆け行けば
肥後の赤牛ゆくり草食む

朝まだき内の牧なる
湯に浸かり
行き先を練る静寂のなかに

馬糞塚言いて指差す
その箇所に
蓼《たで》の群生赤く染めたり

青島は南国情緒
漂わせ
蒲葵樹《びろうじゅ》群生橋で繋がる

神社まで備えてここは
産土《うぶすな》の
ご利益ありと陰陽石を

耶馬溪の隠れ宿なる
湯に浸かり
窓より観るは絶壁の岩

雲厚く日の目の射さぬ
空を見て
秋田の旅を思い出しおり

耶馬溪の隠れ湯に来て
身を浸し
せせらぎ耳に心地よく聞く

「風の盆」佇み見れば
未だ見ぬ
踊り浮かびし胡弓を添えて

芸術の分かるはずない
われなれど
「風の盆」見て胸騒ぎする

旅は中国

海外の旅は中国
その訳は
同じ人種ぞ違和感のなく

悠久の流れに沿って
みぎひだり
丘陵地帯に麦色づけり

ここに棲み馬に乗っての
生活を
友は望みし巴霧峡《はむきょう》辺り

水清く小三峡に
浅瀬あり
船頭下りて舟の綱引く

南京の中華門にて
凧《たこ》揚げる
若きが二人羨ましかり

皇帝と呼ばれて育つ
一人っ子
眠りて母の胸に健やか

いにしえに貴妃が水浴ぶ
華清池《かせいち》に
ざくろの花の赤く鮮やか

見晴るかす四方全てが
石の山
砂漠に非ずゴビ灘と言う

泥を以て塗り潰したる
千仏に
異教排除の執念を見る

取っ手持ち二階に上がる
寝台の
増結列車古さ懐かし

死して尚添いたる姿
ここにあり
アスターナなる夫婦のミイラ

訪れる人も少なき
橋湾城
閨房《けいぼう》で効く鎖陽を売れり

血を流し棘ある草を
食む駱駝《らくだ》
砂漠に生きる凄まじさ知る

草も木も見るも適わぬ
砂漠にて
塩吹く湖のアイリン湖見る

端渓《たんけい》が一番良いの
擦り込みで
使う目処無き硯《すずり》を求む

ホテルから窓下見れば
朝まだき
弁当つつく人々の群

木を芯に藁を結わえる
塔杓《とうしゃく》は
山間の邨《むら》甦りくる

辮髪《べんぱつ》の剃毛見せる
苗族《ミャオ》の
神業なりや鎌の切れ味

累々と遺骨重なる
虐殺の
平頂山《へいちょうざん》に三度涙す

残虐の跡を残せる
朽ちし壁
視線逸らせばライラック咲く

見晴るかす岩は天突く
石林の
三六〇度異次元世界

昆明《こんめい》のホテルの前で
声掛ける
美形二人は春鬻《ひさ》ぐ女

サニ族の娘は「阿詩馬」
小柄にて
帽子を振るは結婚覚悟

五彩池は美の象徴か
九寨溝《きゅうさいこう》
黄龍なるも感嘆極む

長征の言葉も古くなったもの
熱く聞きしも
今は昔に

映しおる湖面も緑
透き通り
湖底に眠る大木抱き

石楠花《しゃくなげ》の白きは山を
映してか
雪宝頂は雪被りおり

浦島は竜宮城に夢心地
われは秘境に
世事を忘れる

千年余蘇州《そしゅう》の街を
見下ろして
少し傾く雲巌寺塔

鐘一つ叩き幾らの
寒山寺
われは叩かず鐘楼の外

「明」「清」の宮廷政治の
愚かさを
故宮に見るも圧倒のうち

ほんとかと訝りて見る
この人出
八達嶺《はったつれい》の知己との出遇い

Ⅳ 遊戯雑歌

：ゆうぎぞうか

五十音短歌

戯れに言葉を連ね
遊ばんと
五十音など口遊《くちずさ》みつつ

＊五・七・五・七・七の頭に、五十音を織り込んで詠みました。

集まれば
嫌事言いて
憂さ晴らす
遠慮の要らぬ
可笑《おか》しな仲間

頑なに
絆守って
区切り毎
計略したる
行楽に乗る

差し当たり
士気を鼓舞する
スクラムと
せっせと運ぶ
素材の海老を

偶《たま》さかに
違った趣向
作らんと
手抜きの故に
友らの失笑

何事も
にっこり笑って
抜け目なく
粘り強くも
呑気さ覗く

張り切って
引き摺り回す
二人して
辺鄙《へんぴ》な所
法外なこと

捲《まく》し立て
見事なまでに
無理強いし
目くじら立てて
ものともせずに

止む無くに
ゐぬるとなれば
悠々と
ゑみさえ浮かべ
余裕のうちに

来年も
立派なことを
縷述《るじゅつ》して
冷笑あれど
露出するまい

わが文の
意味の不明が
領ける
得てして忘る
乎古止点《をことてん》など

あ行

朝まだき
朝霧のなか
歩きたる
あの日のことを
秋風に問う

生き居れば
幾度ともなく
憤る
今在るわれの
生き態《ざま》なれば

嬉しきは
歌を唄って
頷ける
内輪なるとも
うぬらが居れば

笑顔さえ
遠慮の故か
得られずに
永劫未来の
厭離《えんり》となりし

お互いに
思い遣りつつ
居るなれば
お別れなどに
終ることなし

か行

頑なに
彼の女想い
絡みくる
華麗背きし
葛藤の日々

来て見ても
昨日の夜の
気分なし
君の去り行く
汽車の出し駅

悔やめるは
黒井麻奈子に
久留米にて
くるり振り向き
口走りし日

穢れなき
気色の君に
懸想して
懸絶なると
堅忍《けんにん》ならず

こう言えば
こうなることの
悉《ことごと》く
この身の所為と
後悔もする

さ行

然りとても
然程《さほど》のことも
更になく
細《ささ》やかなれど
逆らってみる

幸せは
死を前にして
死ぬほどに
知りたきことを
知り得たときぞ

素晴らしく
素敵な女に
擦れ違い
素性明かして
する恋待たん

世知辛い
世間の風に
忙しなく
精一杯の
世辞は言わざり

その上の
空の蒼さに
そそられて
外に出た日の
その懐かしき

た行

田圃道
ただ呆然と
立ち尽くす
たまゆらありし
堪らなきとき

朝夕《ちょうせき》に
近くに居れば
痴話喧嘩
血道を上げて
痴戯に耽《ふけ》れば

熟《つくづく》と
辛き思いに
吐《つ》く息は
伝わるかよと
慎ましく謂う

手早くに
手解《てほど》き受けて
手の内に
手懐《てなず》け居れば
手柄となりし

問糾す
党の裏切り
逃避など
とんでもないと
滔々と言う

な行

泣くなれば
慰めようも
ないものを
泣くこと武器に
悩むふりする

憎しみを
ニッコリ笑って
逃げ延びる
滲み出ている
二重人格

泥濘《ぬかるみ》を
抜足にして
抜き取りつ
額ずくように
抜け道を行く

眠る如
寝乱れ髪を
練りもせず
寝付きし母は
年貢納めぬ

除け者と
退けて送れる
農政の
残る期間を
のらりくらりと

は行

初恋は
恥らう様の
始めなり
鉢合わせから
発火せしもの

冷え込みの
非常なりしに
火に浸り
彼岸恋しと
只管《ひたすら》待てり

故郷を
ふと思いては
扶育さる
不甲斐ない日を
塞ぎ込みおり

変人に
変な目付きで
諂《へつら》うは
下手な処世と
偏狭に言う

褒貶《ほうへん》の
褒を知らずに
放浪を
蓬屋《ほうおく》捨てて
彷徨止まず

ま行

罷《まか》り出て
巻き添え喰うも
ままあるに
紛らわしきに
紛れ込まざり

身構えて
身動きせずに
見つめるを
見逃すもなく
見殺しにする

むかむかと
無暗に起こる
むかつきを
無言のうちに
無理やり潰す

目頭に
芽《め》ぐむ涙は
命日の
面従するに
女々しくもあり

燃え盛る
桃色事は
持ち前の
物臭者《ものぐさもの》に
もの狂わしく

や行

遣り手とか
ヤクザとか言う
奴らこそ
益体《やくたい》もない
野次馬なりき

行き行きて
雪山深く
行き止まり
悠然として
雪に身を置く

四四八《よしは》るは
余計者とて
呼ばれたる
余談で済まぬ
余日もありき

ら行

ラジオより
ラジカセ求む
懶惰《らんだ》ぶり
楽観できぬ
乱費と言えり

利口ぶり
理屈を並べ
離婚する
理由にするは
理性なき故

屢次《るじ》なるに
るんるん気分
ルーズさが
累犯重ね
坩堝《るつぼ》に嵌《はま》る

廉節を
連接として
励行す
恋情烈し
連理の契り

牢獄も
老獪《ろうかい》を以て
弄すれば
狼藉者も
勒《ろく》するものを

わ行

湧き上がる
矮小《わいしょう》讃える
わがことに
煩わしくも
笑い溢るる

貧しいから

餞《はなむけ》に描き短歌を
詠み贈る
「貧しいから」はドラマの台詞

「貧しいから、あなたに差し上げられるものと言ったら、やわらかな五月の若葉と精一杯愛する心だけです。それでも結婚してくれますか」

これは、東芝日曜劇場でのドラマ「天国の父ちゃんこんにちは」（一九六八～八〇年放映）の中でのプロポーズの台詞です。この台詞から「貧しいからあなたのお祝いに差し上げられるものと言ったら、〇〇と精一杯考えた一首です。それでも貰って頂けますか」と添えて、入学、成人、結婚などの餞《はなむけ》としたのです。そして、この〇〇には、その季節のものをその都度入れ替えたのです。

「弔意に代えて」は、弔辞に読み込んだもの、弔歌として捧げたものです。そして、訃報を聞き、人知れずも詠んだものもあります。いずれも、亡き恩師、亡き先輩、亡き友人への鎮魂歌で、私の弔意を短歌に託したものです。

盗名作歌

きむらちか

生真面目に結んだ口もらうらうし
誓う二十歳に輝きを見る

かいたかこ

畏まり行く君は今日高島田
耀く姿この胸に写《や》く

べっぷりさ

別人に慎ましく見ゆ不思議さよ
立派に成人更に磨けよ

福田

鯉泳ぐ長狭の清流傍におき
吹く風田渡る在所の辺

愛称「かこ」こと和子

かこありて未来拓くる筈なるに
嫁ぎて後の幸せ確か

興梠盛一

こおろぎの音色と届く喜びは
全盛のとき一場の宴

米谷頼人

連れ添うは頼られること頼ること
互に認める二人の径ぞ

おのなおや

大いなる望み果たして猶励み
己のことも止めずと進め

大隈　寛

大いなる男が一人隈曲に
寛厚以て居座ると言う

おきかつじ

惜しまれつきっちり三期舵とりて
次なる人に事務を引き継ぐ

おきすがこ

大いなる君を支えて過ごしたる
我慢の日々もこの日の笑顔

はなむけに

垂水《たるみ》なる園より出でて嫁ぎ行く
君よ菊なれ百合三本

嫁ぐ君花に埋もれて花よりも
華やかなりし華となるらん

五十路なる新春うらら新築の
木の香誘われ人の寄るなり

離れても君はいつしか成人に
恋に身を焼く日も近かりき

喜びと萌える緑に包まれて
待たせながらも君は花嫁

君は君君の決めたる道を行け
成人式の今日を一歩に

崎山の空狭けれど幸せの
二人の愛に深まりぞする

痛む足癒して帰る日を数う
思いは伊良原独り住むとも

城一つ築きて君は晴れやかに
障子ケ岳のみかじめを行く

古きもの新しきもの綯《な》い交ぜの
曲《くま》は名付けて「幽寂庵」と

媚《こび》売らず意気で癒して二十年
「ニュー田園」の紅灯《こうとう》消せる

妻と娘を異国に残し赴くは
一帯の滬上《こじょう》橋梁《きょうりょう》を為す

こつこつと築いて名付く「楽義庵」
隠れ家宜し前に桜木

寝もやらで刺したる成果展示さる
夫はビデオに納めるという

触れず観る硝子細工の狂おしく
見事なりしや色艶に出て

弔意に代えて

会う別る人とし生きる常なれど
別れは辛いまして死友は

嗚呼無常寒村《かんそん》先達逝きてなお
春の嵐は未だ止まざり

叱られし思い出呉れて逝きし女
女性闘士の優しさ残し

酒愛し運動せずに不健康
試して生きて八十三歳

旅急ぐ君は二十歳を一期とし
霜月の日の寒き朝間に

萌ゆる頃癒えぬその身も痛ましく
夫に抱かれて儚く逝きぬ

閉じる如波乱万丈の翁逝き
春は名のみの凍てし雨降る

句を添えて賀状寄越せし翁逝く
豪雨伝わる梅雨の晴れ間に

優しさと純真無垢の失せぬまま
器用さ故に不帰の旅立ち

町長の在籍永き功罪を
秘めて翁は残暑に逝けり

じいさんよどうせ死ぬなら卓囲み
牌《パイ》を握らせ逝かせたかった

茄子や黍《きび》かごいっぱいに採り来ては
持って帰れと売るより先に

春浅く本庄池《いけ》の桜はまだ堅い
咲くを待たずと逝くこそ悲し

病みてなお世の不条理に憤り
多く語らず黄泉《よみ》に旅立つ

糖尿は癒えたと告げて間もなしに
お菜訊く声歌声も止む

通学の汽車のデッキの墜落は
若きが故の過ちなるか

「弟は死んだ」伝える兄さんの
沈んだ声に無念さ滲む

オリーブと痩身なるに君を呼ぶ
総会の場に見るも適わず

鹿児島に独り寂しく友の果つ
単身赴任のおぞましき策

逝く君を名残惜しむかこの雪に
まだ見ぬ桜《はな》を誰と見るやら

君の目の光明奪いて未だ解けぬ
ベーチェット病に憎しみ新た

独り身が死期を早める君なれど
付き添う子らに救われており

独り侘び住もうと君が生家なら
尋ねられるを逝くこそ悲し

身を焼いて逝きたる君は巨漢ゆえ
逃げるもならぬこの冬温き

律儀にも母校の募金かたを付け
君旅立ちぬ思い刻みて

憎[二九]き日よ君が和布《わかめ》を採る海に
足滑らせて還り来ぬとは

君逝けば誰が世話する裏の岳《やま》
代わるも難きボランティア故

ただ一人われに拳骨《げんこつ》食らわせし
恩師の逝きぬ秋の終る日

梅花散り桜花待たれる弥生月
君逝く道に春の足音

三年を同じクラスで過したる
別れも早き君は健脚

ダンディを気取って見ても五十三歳
逝きて戻らぬ君に雨降る

闘病の疲れを癒せ蓮《はす》のうえ
失せし双脚痛み忘れて

十七夜はた秋風か紅葉月
誘われて逝く粋人の如

わが父を説得重ね進学を
薦めし恩師袈裟懸けて逝く

酒飲めば酔うと知りつつわが身以て
酩酊するも反面教師

娘との沙汰を限って恋に生く
恩師高崎再会適わず

悲しきは死友の知らせ聞きし時
自死の噂は殊更《ことさら》辛い

経営の豊前ファームを何とする
君は愛車の中に息絶え

期限後に出席知らす君なれば
死期の早きを何故に違《たが》えぬ

初めての終わりと集い参加して
さらばと逝くは君が流儀か

音信の途絶えて久し君逝くを
知るも悲しき五年も過ぎて

信州に独りとなりて半世紀
嘉樹が夫人身罷《みまか》ると聞く

浅からぬ因縁の師の逝くその日
桜の開花を伝えるのあり

わが妻と失せし乳房を見せ合うた
さち子身罷る闘病二年

順番は狂わぬまでも年置かず
母親《はは》の後追う孝行悲し

苗取りに来いとの誘い果せずと
先逝くまきに春はまだ来ず

祖父・父母の六十八年思想《おもい》継ぎ
大姉《たいし》となりて猛暑日続く

編集後記

この歌集に収めた短歌は、図らずも還暦までに詠んだものになりました。実は、還暦以降に詠んだ短歌のデータにこの歌集のデータを被せてしまったので す。したがって、還暦以降に詠んだ短歌は、跡形もなく消え去ってしまったのです。そういうわけで、何も意識的に還暦までの短歌を編んだわけではありません。しかし、下手ですね。読み直しながら、自分で可笑しくなります。まぁ、上手だと思って詠む短歌ではないことを承知して詠んでいるのですから、上手なわけがありませんが……。

この歌集を上梓するのに、海鳥社の別府大悟さんにお世話になりました。その打合せに来宅した折、同行していた宇野道子さんが、書棚にある私の写真をしげしげと見ていました。デジカメの出始めの頃、同僚が撮ってくれたものです(本書九七頁)。私は気に入っているのですが、連れ合いにはえらく不評でした。

気に入りのデジカメになる
写真見て
死相出てると妻の嫌がる

と詠んだものです。

そのことを話すと、別府さんが「別のしそうじゃないのですか」と言う。聞いた三人が一様に思い浮かべたのは「思想」でした。続けて「志操」もありますから、とも言ったのでした。思想とすれば、どういうものでしょうか。長年、労働運動に携わってきただけに気になるところです。

ともあれ、一万首とある中から約千首を選ぶまでがわが仕事、後は、海鳥社に任せっきりでした。

私が付けた題「手帳の端書」があまりにも不評のため、題は付け替えることにしました。

掛詞《かけことば》が好きな私が次に思いついたのが「啖呵《たんか》」でした。私の短歌は啖呵代わりと言えなくもない、そんな気がしてきました。

しかしだ、この題も賛意をしめす者が居なかった。

次に「慟哭」とした。「短軀隻眼」も考えてみた。どうにも私が命名するものは、マイナスイメージが強すぎるようです。これも、わが人生の来し方と通じるものだろうか。

ままよ、これで賛意が得られなければ、海鳥社に委《ゆだ》ねようと投げ出す気分になりました。「餅は餅屋」の言葉もあることだし、出版のことは、出版社に任せるが良かろうと決めた途端、気が軽くもなりました。

気が軽くなったら、睾丸が重くなった?

命名のストレスからか、わが睾丸に粉瘤なるものが巣食い、睾丸にメスを入れる羽目になったのです。驚く勿れ、その執刀をするのは、若い女医さんでした。

諸々の心配はあったものの、無事、手術も終わり、命名の重圧に解放され、睾丸も軽くなったのでした。

わが歌集を出すにあたり、「睾丸虚しく女医に委ねる」の貴重な体験ができたというものです。

気も睾丸も軽くなって、ふと思いついた題が「憂さ晴らし」でした。

この歌集を出すきっかけは、恩師の米寿です。無聊を慰めるつもりで誘われた連歌の会に入ったところ、そこに中学校の恩師がいました。その恩師の米寿のお祝いを兼ねて、これまで連ねた歌を一冊にまとめることになりました。ついでに、私にも歌集を出したら、となったのです。

選歌をしながら、私にとって、本年が、今一つの節目の年にあたることが気になっていました。三十七歳を一期とした母の五〇回忌の年に当たります。短い母との日々ではありましたが、濃密な日々だったと思っています。

十月二日、奇しくも母を身罷った日に発行となる歌集『憂さ晴らし』は、もう、随分と薄くなった母の面影を偲びながら、今は亡き母に奉げます。

安本淡

安《あん》本《ぽん》淡《たん》（原田吉治《よしはる》）
1945年９月８日，福岡県京都郡犀川町（現みやこ町）崎山に生まれる。
1964年３月，福岡県立豊津高等学校卒業。
1964年４月，農林水産省福岡食糧事務所入所。
2005年９月，農林水産省福岡農政事務所退職。
現在，みやこ町豊津在住。

憂《う》さ晴《ば》らし

■

2010年10月２日　第１刷発行

■

著者　安本淡
発行者　西　俊明
発行所　有限会社海鳥社
〒810-0072 福岡市中央区長浜３丁目１番16号
電話 092(771)0132　FAX 092(771)2546
http://www.kaichosha-f.co.jp
印刷・製本　大村印刷株式会社
ISBN978-4-87415-789-3
［定価は表紙カバーに表示］